Charles Perrault
KOT W BUTACH

OXFORD

Opracowanie ilustracji: ANIMKO GP
Grzegorz Proniewski
Wojciech Stachyra
Beata Malec
Jacek Pasternak
Krystyna Golędzinowska

Tekst: Magdalena Proniewska

OXFORD

Wydawca: Oxford Educational Sp. z o.o., Słupsk
e-mail: prenumerata@amercom.com.pl

Druk: Druk-Intro SA, Inowrocław

ISBN serii (nry 1-50): 83-7425-165-4
ISBN nr 3: 83-7425-168-9

Dawno temu w odległym kraju mieszkał pewien młynarz. Był to człowiek dobry i pracowity. Całymi dniami mielił ziarno na mąkę, którą pakował w ciężkie worki i woził do pobliskiego miasteczka na targ.

Młynarz miał trzech synów. Dwaj starsi, Bolek i Tomek, byli leniwi i niewdzięczni. Zamiast pomagać ojcu, woleli przesiadywać w pobliskiej karczmie, gdzie popijali piwo i grali w karty. Biedny młynarz nie tylko nie miał z nich pociechy, ale jeszcze musiał spłacać ich karciane długi. Na szczęście najmłodszy syn, Franek, nie poszedł w ślady braci. Posłuszny i pracowity, pomagał ojcu, jak tylko potrafił. Młynarz bardzo kochał syna i serce go bolało na myśl, jak ubogie życie czeka chłopca.

– Pamiętaj, gdy mnie już na świecie nie będzie, niewiele dostaniesz w spadku! – powtarzał Frankowi.

Pamiętaj, gdy mnie już na świecie nie będzie, niewiele dostaniesz w spadku! – powtarzał Frankowi.

– Starsi bracia według prawa zabiorą młyn i łąkę. Tobie mogę zostawić tylko naszego kota, Mruczka. Wiem, że to niewiele, ale dbaj o niego, bo to niezwykłe zwierzę. Zawsze pomoże ci w biedzie.

Chłopiec nie rozumiał, do czego mogłoby mu się przydać stare kocisko, choć trzeba przyznać, że z Mruczka był spryciarz nie lada. Potrafił łapać nie tylko myszy, ale nawet przynosił przepiórki i króliki, schwytane na pobliskich polach. Po łowach zawsze wygrzewał się na piecu, mrucząc głośno.

Czas w młynie upływał na ciężkiej pracy. Stary młynarz z dnia na dzień tracił siły i coraz częściej chorował. W końcu nadszedł dzień, gdy biedak zmarł. Niewiele majątku zostało do podziału między braci. Chciwy Bolek zabrał młyn, a leniwy Tomek łąkę.

Niewiele majątku zostało do podziału między braci. Chciwy Bolek zabrał młyn, a leniwy Tomek łąkę.

Najmłodszego brata wypędzili z domu, nie dając mu nic na drogę. Chcąc nie chcąc, Franek zabrał Mruczka i w jednych butach, z jedną tylko koszulą na grzbiecie ruszył w świat.

Serce ściskało mu się z bólu, gdy oddalał się coraz bardziej od rodzinnego domu. Pod wieczór zatrzymał się wreszcie w niewielkim sosnowym lasku, gdzie postanowił przenocować. Nazbierał więc gałęzi, których użył do zbudowania szałasu i rozpalenia ogniska. Dopiero teraz Franek poczuł, jak bardzo jest zmęczony i głodny. Wyciągnął kawałek chleba i siadł przy ogniu. Mruczek, który do tej pory spał smacznie w tobołku chłopca, wyszedł i przeciągnął się z zadowoleniem.

– Chcesz kawałek? – Franek połamał chleb i spojrzał na kota. – Zresztą ty i tak wolisz myszy... Co z nami teraz będzie, Mruczku? W końcu przyjdzie zima i obydwaj zginiemy marnie z głodu.

Co z nami teraz będzie, Mruczku?
W końcu przyjdzie zima i obydwaj
zginiemy marnie z głodu.

– Nie jestem tego taki pewien! – rozległ się nagle chrapliwy głos.

Mówiący kot! Chłopiec nie mógł uwierzyć własnym uszom. Może to głód i zmęczenie pomieszały mu zmysły?

– Czy ja zwariowałem? Ojciec powtarzał, że to wyjątkowe zwierzę, ale przecież to niemożliwe, żeby mówiło!

– Dlaczego niemożliwe? – odparł Mruczek. – Potrafię wiele rzeczy. Nie martw się, nie zginiemy. Masz dobre serce, chciałeś się ze mną podzielić ostatnią kromką chleba. Odwdzięczę się, ale musisz spełnić jeden warunek: oddasz mi swoje buty i uszyjesz ubranie ze swojej koszuli. Zrób, co mówię, a nie pożałujesz!

Franek był tak zaskoczony, że natychmiast się zgodził. Rano oddał Mruczkowi buty i uszył mu bardzo elegancki strój. Kocur wyglądał wspaniale w nowym przyodziewku. Szybko też zabrał się do pracy.

– O nic się nie martw, mam świetny plan. Ty zostań tu, w szałasie, a ja załatwię, co trzeba. Już jutro będziesz bogatym człowiekiem.

Chłopiec nie mógł sobie tego wyobrazić.

– Może jednak wszystko się ułoży? – próbował się pocieszyć. – W końcu mam prawdziwego mówiącego kota w butach!

Mówiący kot! Chłopiec nie mógł uwierzyć własnym uszom. Może to głód i zmęczenie pomieszały mu zmysły?

Sprytny Mruczek pobiegł tymczasem do lasu i położył się pod wielkim dębem. Akurat przechodził lis z piękną, rudą ki- tą. Na ten widok kot zaczął głośno wzdychać i mlaskać.

– Czemu tak hałasujesz? – zagadnął zaciekawiony lis. – Słychać cię w całym lesie!

– Byłem u króla w gościnie – odpowiedział Mruczek, głaszcząc się po brzuchu. – Tak się najadłem, że chodzić nie mogę. A na jutro znowu mnie zaproszono. Sam nie wiem, czy pójdę. Brzuch mi już pęka. Gdzie ja pomiesz- czę te wszystkie smakołyki?

Lisowi aż ślinka pociekła z pyska. „Ten kot to ma szczęście! – pomyślał. – Że też mnie nikt nie zaprosił!".

– A nie mógłbyś mnie zabrać ze sobą? – zapytał przy- milnie rudzielec.

– Właściwie mógłbym – odparł niechętnie Mruczek – ale jak by to wyglądało... Z jednym tylko lisem przy- chodzić na bal do króla? Zbierz jeszcze ze czterdziestu kuzynów, wtedy pójdziemy.

Z jednym tylko lisem przychodzić
na bal do króla? Zbierz jeszcze ze czterdziestu kuzynów, wtedy pójdziemy.

Lis natychmiast skoczył w las. Nie minęła godzina, a zebrał braci i siostry i przyprowadził ich pod dąb. Mruczek zawiódł zwierzęta do królewskiego zamku. Pod bramą kazał im poczekać, sam zaś pobiegł przodem, domagając się audiencji u monarchy.

Gdy tylko kot stanął przed obliczem władcy, ukłonił się nisko i rozpoczął przemowę:

– Najjaśniejszy panie! Przybywam od twojego lojalnego poddanego, hrabiego Franciszka, który pragnie cię zapewnić o swoim oddaniu i przesyła ci w darze piękne lisy.

Król był bardzo zdziwiony. Nigdy nie widział mówiącego kota! Nie przypominał też sobie, aby jego poddanym był jakiś hrabia Franciszek. Ale tak pięknego daru nie można przecież odrzucić.

– Powiedz swojemu panu, że bardzo mnie ucieszył ten wspaniały podarek. Chciałbym poznać tak hojnego człowieka.

– Twoje życzenie jest dla mnie rozkazem, o królu! – odparło sprytne kocisko. – Może zechcesz odwiedzić włości mojego pana?

Mruczek opowiedział królowi o rozległych dobrach i wielkim zamku hrabiego. Władca nie mógł wyjść z podziwu i zgodził się przyjąć zaproszenie. Następnego dnia miał wraz z córką, piękną i uroczą królewną, wyruszyć na spotkanie z Franciszkiem.

Król był bardzo zdziwiony. Nigdy nie widział mówiącego kota!

Tymczasem kot wrócił do swego pana. Chłopiec bardzo się ucieszył na widok Mruczka, bo zaczął już wątpić, czy go jeszcze zobaczy.

– Cały dzień na ciebie czekam i strasznie zgłodniałem! – poskarżył się. – Może złapałeś jakąś przepióreczkę?

– Cierpliwości! – uspokajał Mruczek. – Dziś jeszcze czeka cię post, ale za to jutro będziesz jadł kolację w zamku!

Franek nie bardzo wierzył w te zapewnienia, nie pozostało mu jednak nic innego, jak tylko położyć się spać z pustym brzuchem.

Nazajutrz Mruczek obudził młodego młynarczyka bardzo wcześnie. Tyle było przecież do zrobienia! Lada chwila król z córką wyruszą z zamku.

Kot poprowadził zaspanego chłopca w kierunku pobliskiej rzeki. Gdy doszli do mostu, kazał mu wskoczyć do wody. Franek nie miał ochoty pływać, a na dodatek o tej porze roku woda była bardzo zimna.

– Po co mam teraz brać kąpiel w rzece? – opierał się chłopiec. – To głupi pomysł.

– Zaufaj mi – namawiał Mruczek – a nie pożałujesz. Mam doskonały plan!

Po co mam teraz brać kąpiel w rzece?
– opierał się chłopiec. – To głupi pomysł.

W końcu Franek dał się przekonać. Tymczasem kot wdrapał się na most, skąd miał idealny widok na okolicę. Gdy tylko zauważył zbliżającą się królewską karocę, zaczął głośno lamentować.

– Pomocy, ratunku! – wołał płaczliwie. – Mojego pana, hrabiego Franciszka, zbójcy napadli, ograbili i wrzucili do zimnej wody!

Krzyki te usłyszał król i kazał zatrzymać karocę. Mruczek natychmiast podskoczył do niego, prosząc o ratunek. Z rozkazu władcy służący wyciągnęli Franka z wody.

– Mój pan się przeziębi! Niecni rozbójnicy zabrali jego szaty, w co się teraz ubierze?! – zawodził na cały głos kot.

Z rozkazu władcy służący
wyciągnęli Franka z wody.

Słysząc to, król nakazał dać hrabiemu wytworne szaty. Poprosił też chłopca, by zajął miejsce w karecie między nim a jego córką. Biedny Franek nic z tego nie rozumiał i chciał wyjaśnić pomyłkę, ale kot dawał mu znaki, aby nic nie mówił. Tak więc chłopiec wsiadł do wspaniałej karety, a król rozkazał stangretowi zawrócić do zamku. Po drodze władca zwracał się do Franka bardzo uprzejmie, dziękując za piękny dar i ubolewając nad przykrą przygodą, jaka go spotkała. Chłopiec był jednak tak przestraszony i zmieszany, że nie potrafił nic odpowiedzieć. Na szczęście król uznał, że to wynik szoku po zbójeckim napadzie.

Królewna uważnie przyglądała się przystojnemu Frankowi, a na jej ślicznej buzi zagościł rumieniec. Chłopiec również czerwienił się pod bystrym spojrzeniem uroczej dziewczyny. Nie uszło to uwagi króla, który od dawna marzył o zamążpójściu jedynaczki.

Król nakazał dać hrabiemu wytworne szaty. Poprosił też chłopca, by zajął miejsce w karecie między nim a jego córką.

Tak zajechali na zamek. Król kazał przygotować dla Franka najpiękniejszą komnatę oraz wydać ucztę na jego cześć. Chłopiec jeszcze nigdy nie jadł takich smakołyków. Z pełnym brzuchem poczuł się o wiele raźniej, choć trochę niepokoiła go myśl, co się z nim stanie, gdy oszustwo wyjdzie na jaw. Na razie postanowił jednak nie zawracać sobie tym głowy, zdając się na spryt Mruczka. Przez następne dni Franek jadł do syta, sypiał w miękkiej pościeli i coraz śmielej rozmawiał z królem. Władca był bardzo zadowolony z mądrych odpowiedzi swojego poddanego.

Król kazał przygotować dla Franka
najpiękniejszą komnatę oraz wydać
ucztę na jego cześć.

Pewnego dnia wezwał chłopca i w obecności swojego szambelana rzekł:

– Mój drogi hrabio, od dawna szukałem odpowiedniego męża dla mojej córki. Urządzę więc wam piękne zaręczyny, a potem pojedziemy do twojego zamku, gdzie odbędzie się ślub.

Biedny chłopak aż zadrżał ze strachu. Co teraz będzie?! Wszystko się wyda, a król wpadnie w gniew!

„Muszę znaleźć Mruczka! – pomyślał. – Może on coś na to poradzi?".

Kocur leżał na murze i swoim zwyczajem wygrzewał się w słońcu. Franek opowiedział mu o zamiarze króla.

– I co ja teraz pocznę? – rozpaczał. – Przecież jestem biedakiem!

– Nie martw się, wszystko idzie zgodnie z planem – pocieszał go Mruczek. – Zaraz po zaręczynach wyruszysz z królem na północ, a pod wieczór dojedziesz do zamku czarnoksiężnika Namara.

– Czarnoksiężnika? – Franek zbladł. – Przecież on nas pozamienia w polne myszy!

– O nic się nie martw, ja wszystko załatwię! Najważniejsze, że król niczego się nie domyśla. Masz tylko milczeć, a wszystko ułoży się dobrze.

Tak więc wyprawiono huczne zaręczyny. Franek, choć bardzo niespokojny, nie dał po sobie niczego poznać, ufając, że pomysłowy kot wie, co robić.

Urządzę więc wam piękne zaręczyny,
a potem pojedziemy do twojego zamku,
gdzie odbędzie się ślub.

Tymczasem Mruczek zniknął w dniu zaręczyn i nigdzie nie można było go znaleźć. Zwierzak wymknął się bowiem skoro świt z zamku. Około południa Mruczek dotarł do granic dóbr czarnoksiężnika Namara. Jak okiem sięgnąć rozciągały się tam żyzne ziemie, na których rosła złocista pszenica. Właśnie rozpoczynały się żniwa i ludzie wyszli, by skosić zboże

– Czy to pola czarnoksiężnika? – zagadnął kocur ludzi.

– Tak, pola i my należymy do niego – odpowiedzieli.

– Niedługo nadjedzie tu okrutny król z południa, który nienawidzi waszego pana. Jeśli usłyszy jego imię, to was tu wszystkich pogna w niewolę. Lepiej mówcie, że to pola królewskiego wasala, hrabiego Franciszka. Wtedy nic się wam nie stanie.

Przestraszeni wieśniacy obiecali postąpić, jak im kot radził. Mruczek pobiegł dalej przez pola, aż dotarł na skraj łąki, na której pasło się stado pięknych, czarnych rumaków. Tutaj także pouczył pastuszków, aby mówili, że łąki i konie należą do hrabiego Franciszka.

Pod wieczór zaradny kot dotarł wreszcie do zamku Namara.

Czy to pola czarnoksiężnika?
– zagadnął kocur ludzi.

Była to wspaniała, granitowa twierdza, osadzona mocno na skale, ze strzelistymi wieżami i ogromnymi basztami. Mruczek zażądał audiencji u pana zamku, podając się za potężnego czarodzieja. Strażnicy bardzo się zdziwili, widząc mówiące zwierzę, woleli więc nie zadzierać z przybyszem i wpuścili go do środka.

Służący powiadomili czarnoksiężnika o niespodziewanej wizycie. Namar, który słynął z okrucieństwa i porywczości, rozgniewał się bardzo. Właśnie przygotowywał magiczne mikstury i nie lubił, gdy mu przeszkadzano. Z drugiej strony był ciekaw, kim jest ten nieznany mag, który ośmiela się tak bezczelnie wkraczać do jego zamku.

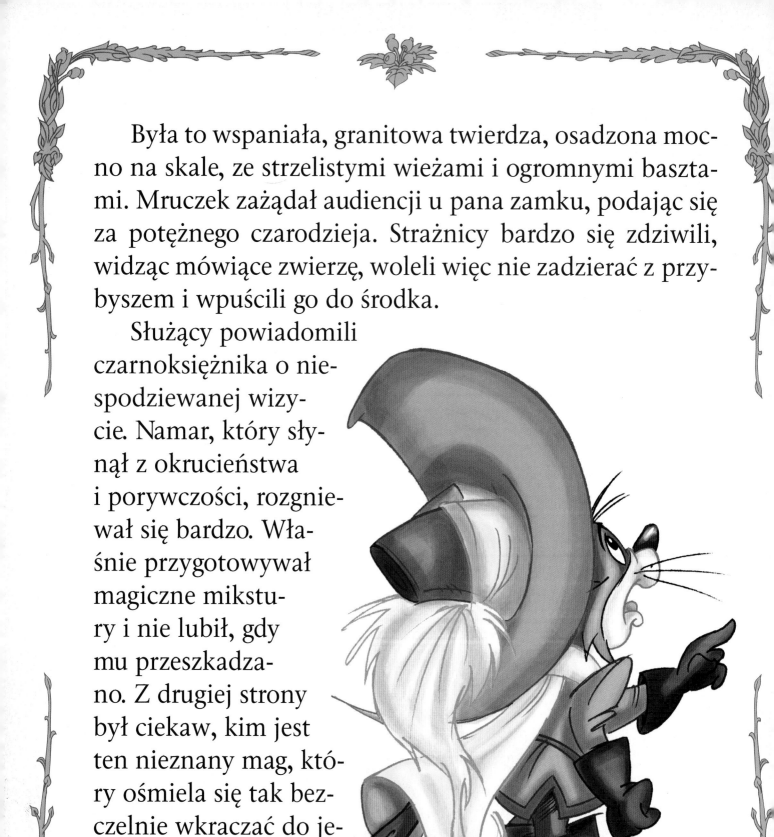

Namar, który słynął z okrucieństwa
i porywczości, rozgniewał się bardzo.

Mruczek zdążył już się rozgościć w okazałej sali audiencyjnej, gdy nadszedł czarodziej. Kot ukłonił się grzecznie i przedstawił:

– Witam kolegę! Zapewne kolega nieraz słyszał o mnie. Jam jest sławny mag z południa, Maurycy!

Oczywiście Namar nigdy o kimś takim nie słyszał. Nie chciał się jednak przyznać, że nic nie wie o innych czarodziejach. Choć złościł go nieco pyszałkowaty gość, postanowił być miły, przynajmniej do czasu, gdy uda mu się wybadać, co kot rzeczywiście umie. Tymczasem Mruczek rozsiadł się wygodnie i zaczął się przechwalać.

Choć złościł go nieco pyszałkowaty gość, postanowił być miły, przynajmniej do czasu, gdy uda mu się wybadać, co kot rzeczywiście umie.

Namar słuchał w skupieniu, a kot opowiadał o odległych krainach, które zwiedził, o mędrcach, których poznał, o czarnoksięskich księgach, jakie przeczytał... Niestworzonym historiom nie było końca! Mag nic nie mówił, tylko ze złością patrzył na zwierzaka spod krzaczastych, czarnych brwi.

– Dość już o mnie! – skończył wreszcie Mruczek. – A czym zajmuje się szanowny kolega? Jakim czarem możesz się poszczycić, kochany przyjacielu?

– Nie posiadam takich mocy jak ty, panie – odparł z drwiącym uśmieszkiem Namar – za to potrafię zmienić się w każdą istotę, jaka tylko istnieje na świecie.

To mówiąc, czarodziej przybrał postać straszliwego węża z wielkimi, ociekającymi jadem kłami. Mruczek przestraszył się mocno, jednak nie dał tego po sobie poznać. Ani na chwilę nie stracił swojego słynnego sprytu.

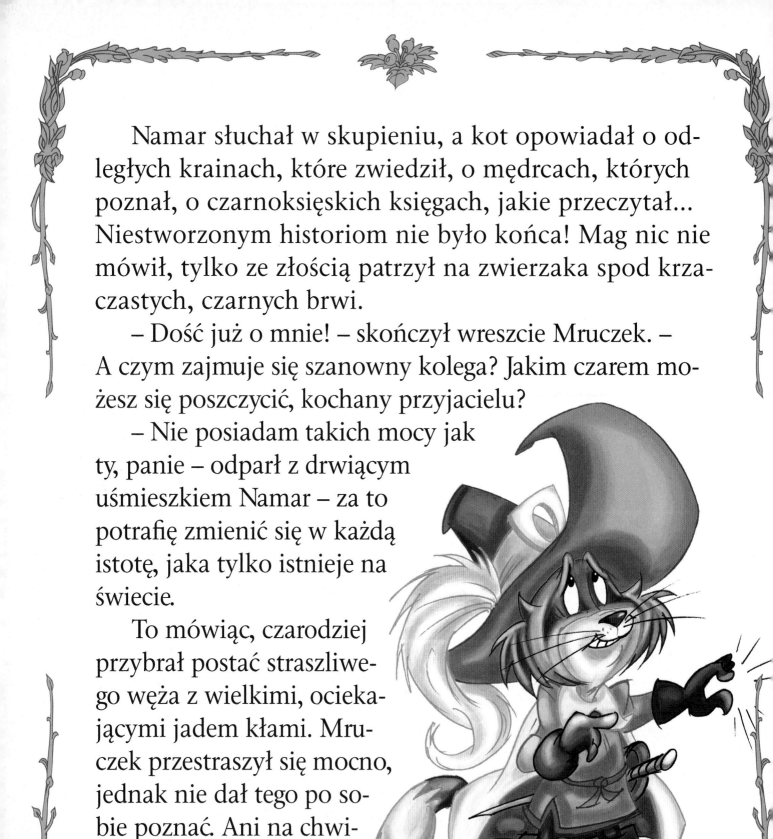

Czarodziej przybrał postać straszliwego węża z wielkimi, ociekającymi
jadem kłami.

– Tak, to interesujące! – pochwalił Namara. – Widzę, że z kolegi czarodziej jakich mało. Czy jednak naprawdę potrafisz zmienić się we wszystko? Widziałem już magów, którzy zmieniali się w potwory. Takie zaklęcia są dość pospolite. Niejeden czarodziej potrafi przybrać postać groźnej bestii. O wiele trudniej zamienić się w coś małego, nieszkodliwego.

– Nie jest to dla mnie żadną trudnością! – bezczelność kota rozgniewała czarnoksiężnika. – Niech kolega wybierze dowolną istotę, a udowodnię, jak jestem potężny!

– Pomyślmy... – Mruczek udawał, że się zastanawia. – Wiewiórka? Nie, to za duże... A może mysz? Taka mała, niewinna myszka. To chyba godne wyzwanie!

– Błahostka! – uśmiechnął się triumfalnie mag. – Proszę bardzo!

I zmienił się w szarą myszkę. Przebiegłe kocisko na to tylko czekało! W okamgnieniu złapało i pożarło złego czarodzieja. W tej chwili rozległ się potężny huk i czarny obłok uniósł się nad zamkiem. Przestraszona służba zbiegła się, aby zobaczyć, co się stało. Kot wyskoczył na zamkowy dziedziniec i uspokajał ich:

– Nie bójcie się! Okrutny Namar nie żyje i nie będzie was więcej dręczył. Przyjedzie tu niedługo nowy pan, dobry i łagodny hrabia Franciszek wraz ze swoją uroczą narzeczoną. Przygotujcie wszystko na wspaniałe wesele!

Przebiegłe kocisko na to tylko czekało!
W okamgnieniu złapało i pożarło złego
czarodzieja.

Służący odetchnęli z ulgą. Podły czarodziej traktował ich bardzo źle, więc obietnica przybycia nowego, życzliwego władcy bardzo ich ucieszyła. Natychmiast rozpoczęli przygotowania do hucznego ślubu. Cały zamek uprzątnięto, rozwieszono najpiękniejsze baldachimy i kobierce. Kucharze uwijali się przy pracy, gotując, smażąc i piekąc różne przysmaki. Otworzono zasobny skarbiec i wyciągnięto złote talerze i porcelanowe misy... Wszyscy uwijali się jak w ukropie, aby tylko zdążyć na czas.

Podczas gdy Mruczek tak pracowicie przygotowywał wszystko dla swego pana, król wraz z Frankiem i królewną wyruszyli w podróż. Chłopiec, zgodnie z zaleceniem kota, kierował się na północ. Droga wiła się pośród żyznych pszenicznych pól, na których w pocie czoła pracowali żniwiarze.

– Dobrzy ludzie! – zawołał do nich król. – Powiedzcie, czyje to pola?

– Naszego pana, hrabiego Franciszka! – odpowiedzieli.

– Ho, ho, mój drogi, nie mówiłeś, że tak dobrze ci się powodzi! – król poklepał Franka z zadowoleniem po ramieniu.

Służący odetchnęli z ulgą. Podły czarodziej traktował ich bardzo źle, więc obietnica przybycia nowego, życzliwego władcy
bardzo ich ucieszyła.

Chłopiec domyślił się, że to jakaś sztuczka kota, więc tylko z lekka się uśmiechnął.

Za polami rozciągały się zielone łąki, pełne soczystej trawy. Pasły się na nich dorodne rumaki.

– Do kogo należy ten wspaniały tabun? – zagadnął król pastuszków.

– Do naszego pana, wielmożnego hrabiego Franciszka! – odpowiedzieli tak, jak im Mruczek kazał.

– Nie wiedziałem, że masz również tak piękne konie! – pochwalił Franka król.

I pojechali dalej. Mijali stada owiec i krów, zadbane wioski i miasteczka, młyny i karczmy. Franek nie mógł uwierzyć własnym oczom: więc teraz to wszystko należy do niego? Jak to się Mruczkowi udało?!

Król był bardzo zadowolony. „Moja córka będzie miała wygodne życie u boku tak zamożnego i mądrego człowieka. A i mnie przyda się potężny wasal" – myślał.

Tak zajechali na dziedziniec zamkowy. Władca nie mógł wyjść z podziwu. Co za niezwykła budowla! Jakie ogromne mury! Jakie baszty!

Gdy tylko królewska karoca dotarła przed wejście, Mruczek na czele licznej służby wyszedł, by powitać przybyłych.

– Wszystko już przygotowane, mój panie! – kot skłonił się nisko.

Wszystko już przygotowane,
mój panie! – kot skłonił się nisko.

Po czerwonym dywanie wprowadził gości do sali, gdzie czekały już suto zastawione stoły. Tego samego dnia Franek poślubił królewnę, a nazajutrz odbyło się huczne wesele, o którym długo jeszcze potem opowiadano.

Wkrótce świeżo upieczony hrabia postanowił wydać przyjęcie także dla swoich nowych poddanych, aby wszyscy mogli wraz z nim świętować i bawić się wesoło. Okoliczni mieszkańcy stawili się tłumnie na zaproszenie pana. Na zamek przybyli także bracia Franka, Bolek i Tomek. Obydwu źle się wiodło; dawno już przegrali w karty i młyn, i łąkę. Teraz nowy władca urządzał wystawną ucztę, na której każdy mógł się napić i najeść do syta. Leniwi bracia postanowili za darmo napełnić brzuchy.

Gdy wszyscy zgromadzili się na dziedzińcu przy nakrytych stołach, rozpoczęła się biesiada. Sam hrabia Franciszek wraz z małżonką wyszli na balkon, aby powitać poddanych. Bolek i Tomek natychmiast rozpoznali brata. Jak to możliwe?! Mały Franek jest teraz bogaczem?

Tego samego dnia Franek poślubił królewnę, a nazajutrz odbyło się huczne wesele,
o którym długo jeszcze potem opowiadano.

A do tego poślubił królewnę?!

– Niewdzięczny! A my tyle dla niego zrobiliśmy! – odpowiedział Tomek. Obydwaj zapomnieli szybko, jak skrzywdzili Franka, wyganiając go z domu w jednej koszulinie. Zaślepieni zazdrością i chciwością uknuli podły plan. Postanowili zażądać od brata sowitej zapłaty w zamian za milczenie. Jeśli Franek się nie zgodzi, pójdą do króla i powiedzą mu, że Franek nie jest hrabią, a tylko ubogim synem młynarza! Na szczęście czujny Mruczek zauważył braci i wyczuł ich niecne zamiary. Podbiegł do nich szybko, witając się radośnie. Bolek i Tomek nie mogli uwierzyć własnym uszom. A więc ten kot umie mówić! Mruczek opowiedział im, jak to dzięki niemu najmłodszy brat stał się bogaczem.

– A więc to tak?! – krzyknął Bolek. – Franek zagarnął najlepszą część spadku. Ale na tym koniec! Nie damy się dłużej oszukiwać! Teraz, kocie, masz zdobyć majątek dla nas!

Mruczek niby opierał się, ale w końcu z udaną niechęcią uległ.

– Zgoda, zaprowadzę was do skarbów, o jakich nawet nie marzyliście! – obiecywał.

Uwiedzeni wizją łatwego zysku, bracia udali się za kotem do skarbca. Gdy tylko weszli do środka, oniemieli z zachwytu! Od podłogi do sufitu piętrzyły się tam złote monety, dzbany, misy i łańcuchy. Klejnoty mieniły się wszystkimi kolorami tęczy.

Opętani chciwością bracia wyrywali sobie drogocenne naczynia i kłócili się o perły, brylanty
i szmaragdy.

Lśniące zbroje i miecze wisiały na ścianach. Bolek i To-mek rzucili się na te wspaniałości, wypychając kieszenie i torby złotymi talarami. Opętani chciwością wyrywali sobie drogocenne naczynia i kłócili się o perły, brylanty i szmaragdy.

Tymczasem Mruczek wymknął się cichaczem, zamyka-jąc za sobą potężne drzwi. Kot pobiegł szybko do króla.

– Najjaśniejszy panie! – zawołał. – Zbójcy, którzy nas napadli na moście, teraz zuchwale włamali się do skarbca! Na szczęście udało mi się ich zamknąć w środku. Nie chcę niepokoić hrabiego, ale coś trzeba zrobić!

– O nic się nie martw! – odparł król. – Już ja się zajmę tymi rabusiami! Nic nie mów mojemu zięciowi, nie będzie-my mu psuć zabawy weselnej.

Rozgniewany władca wraz ze strażnikami wszedł do skarbca. Bolek i Tomek tak zawzięcie wydzierali sobie skarby, że nawet nie zauważyli ich nadejścia. Dopiero roz-dzieleni przez żołnierzy zrozumieli, że wpadli w pułapkę.

Najjaśniejszy panie! – zawołał. –
Zbójcy, którzy nas napadli na moście,
teraz zuchwale włamali się do skarbca!

Choć próbowali wszystko wytłumaczyć, nikt im nie uwierzył, a król za karę skazał ich na pracę w kopalni, gdzie w pocie czoła kuli węgiel i wywozili go w ciężkich wózkach.

W tym czasie Mruczek swoim kocim zwyczajem polował na myszy i wygrzewał się na piecu. Pewnego dnia kot opowiedział o losie braci Frankowi, a litościwy chłopak postanowił ich uwolnić i sprowadzić na zamek.

Pewnego dnia kot opowiedział o losie braci Frankowi, a litościwy chłopak postanowił ich uwolnić i sprowadzić na zamek.

Po bolesnej nauczce Bolek i Tomek bardzo się zmienili i nigdy nie knuli już przeciwko bratu. Wręcz przeciwnie, pomagali mu teraz we wszystkim i pracowali uczciwie. A hrabia Franciszek oraz jego urocza żona żyli długo i szczęśliwie, jak to tylko w bajkach bywa.

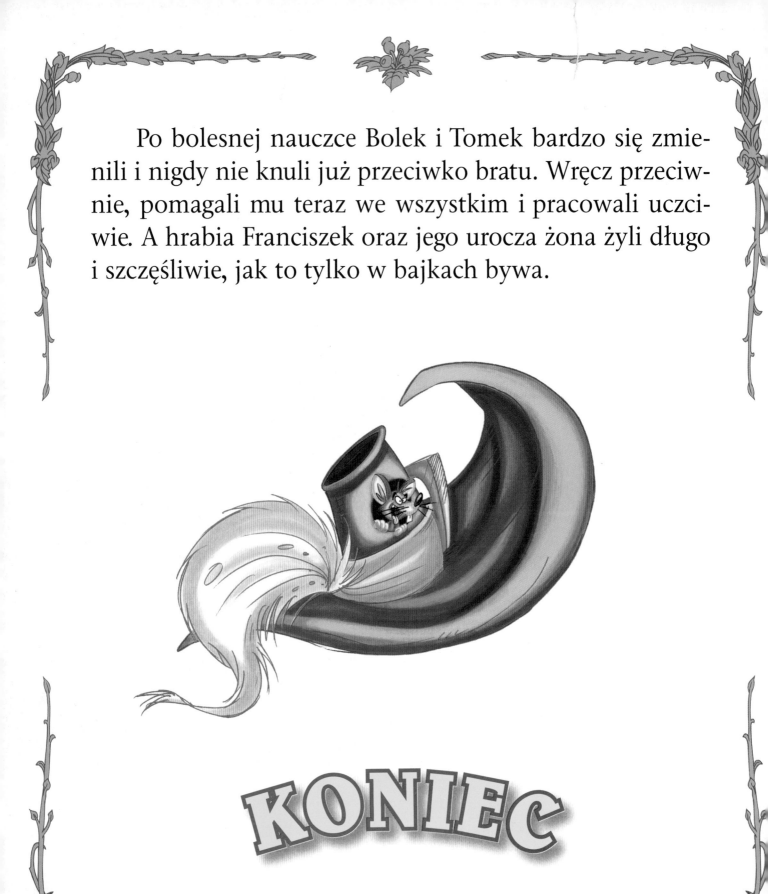

KONIEC